당신의 왼쪽은 나의 오른쪽

탁운우 시집

당신의 왼쪽은 나의 오른쪽

달아실시선
107

달아실

보조 용언과 합성 명사의 띄어쓰기 등 본문의 맞춤법은 시인의 의도에 따른 것임.

시인의 말

헌사

지난 한 해,
나는 글을 쓰고, 문장을 고르고,
사유를 점검하는 시간을 보냈습니다.
그러나 그 사유는 온전히 나의 것이 아닙니다.
그것은 함께 걸어온 여러 K와 H,
그리고 수많은 M들의 사유이기도 합니다.
그들의 하루가 헛되지 않기를,
그들의 상처가 단지 상처로만 남지 않기를,
그 고통이 다시 누군가의 빛으로 이어지기를 바라며
이 시집을 바칩니다.
수많은 K, H, M에게
감사하고, 또 고맙습니다.
이 땅 어딘가에서
당신들이 건강하기를,
당신들이 살아남기를,
그리고 우리 모두가 다시 만나
새로운 언어로 세상을 부를 날이 오기를,
기도합니다.

2025년 12월
탁운우

3부. 경

4부. 나의 서정

1부

우리의 왼쪽

붉은 꽃잎이 날리는 히비스커스 언덕

겨울바람이
쇠꼬챙이처럼 온몸을 찔렀다
출입국 사무소를 나오며
쿠가 말했다

– 아내 혈관이 터졌어요.
여기선 치료가 돼요.
거긴 너무 비싸요

쿠의 고향은
언제나 여름
뒤뜰에선 사시사철
히비스커스꽃이 흩어진다
비자는
10월까지 연장되었다

– 고마운 일이지요. 그날까지만 일하면
치료비도 만들 수 있어요

아버지도 한때 모래바람을 등지고
사막을 견뎠다
엽서와 늘어진 카세트테이프 속에서
아버지는
언제나 "내일을 위해 버틴다"고 했다

우리가
수도꼭지 달린 새집의 언덕에서
태양 쪽으로 헤엄칠 때
아버지의 폐도
쿠의 등처럼
단단해졌을 것이다

쿠가 먼저
앞질러 간다

붉은 꽃잎이 피는
히비스커스 언덕으로

회전이 끝나면 희망이 나옵니다

도시의 아래
이름이 남지 않는 추락이 있다

희망세탁소
창문에 붙은 문구

- 회전이 끝나면 희망이 나옵니다.
복구는 보장되지 않습니다.

당신은 슬픔을 구겨 넣은 채
번호표를 건넨다

겸손을 요구받는 당신
기다림에 묶인 체류

회색 바람이
다시 한 명을 데려간다

사람들은 목을 감싸고 말한다

- 조금만 더 겸손해지자.
떨어지지 않도록

희망은
아직 도착하지 않았다

메콩강 하류보다 더 그리운 시간

가사조사관을 만나기 전 몇 가지 주의 사항을 나누어
야 했다
양육권을 가지고 오려면 어떻게 해야 하는지

남편과 함께했던 시간이 모두 나쁘지는 않아요,

옥수수를 키우고 감자를 키우고
아이를 안고 배추밭을 서성이던 시간
메콩강 하류보다 더 그리운 시간이 될 거예요

그녀의 입을 통해 무수한 내일이 한꺼번에 튀겨져
공중을 오른다

너무 뻔한 스토리, 필라멘트가 끊어져 불이 켜지지 않
는 시기,
죽음 속에 있던 저를 만나러 그가 오지 않았다면 오늘
이 달라졌을까요

마음에서 일어나는 일은 설명하기가 힘든데

법원에서 날아온 양식은 빼곡해서 틈이 없다

저의 틈은 어디서 시작되어 어디서 끝나게 될까요

끝일까 생각할 때마다
흰 문종이처럼 펄펄 날렸다는 그녀의 그리움

가사조사관을 만나기 전, 그녀와 나는 이 길고 긴 양육
계획서 공란을 다 채워야 한다

나가리판

오늘 아침, 작업장을 둘러보던 사장이 말했다
"나가리판이야."

이런 판은 윈윈이라더니

네팔에서 온 Q를 잘랐으니
이득은 사장에게만 남을 텐데

바닥에 흘린 미량의 슬픔을
얼른 걷어 주머니에 숨긴다

새로 들어온 도시락 재료가 P 앞으로 도착하고
신의 품새처럼 재료 길이를 맞춰
K에게 건넨다

벽 틈으로 바람이 든다
대충 조립한 컨테이너에 습기가 흐른다

사장은 오늘 Q를 해고하며 말했다

다시는 얼씬도 하지 마.

그리고 내 어깨를 툭 치며 지나간다

잘하고 있어.

누가 잘해야 한다는 건지
사장의 말에는 주어가 없다

여기서는
사라진 사람이 잘한 판을

"나가리판"이라 부른다

여름 저녁

당신은 예초기 날을 바꿔가며 풀을 벤다
억새를 자를 때와
토끼풀을 자를 때
흰 꽃 수북한 망초를 자를 때

자세를 고치며 각각 날을 바꾼다

왼쪽을 향하거나 오른쪽을 향할 때
무수히 쌓이는 다른 쪽의 비명

왼쪽을 보면 오른쪽이 없고
오른쪽을 보면 왼쪽이 없어

아무리 걸어도 손끝 하나 닿을 수 없어
앞에 놓인 타로 카드를 골라 수행할 미션을 받는다

마당 가득 용병처럼 흩어지는 색색의 꽃잎들

당신의 어제는 제 몸에 맞는 날을 고르지 못한 것뿐이

라며
　흰 종이처럼 눈물이 떨어져
　뒹구는 저녁

바다 위의 집

이달의 생일을 모아 박수를 치고
속초로 향한다
바다 위 다리를 건너며
청호동 팻말을 스친다

어느 해 3월
스물의 끝
갯배를 타고 건넜던 바람
아버지를 닮은 골목
말려가는 생선과 기울기 심한 집들

방 안을 가로지르는 기저귀가 있는 방
난로 곁에서 굳어가는 흔적들
국적 없이 말라가는 수증기
습기 오른 벽
천장과 바닥 사이
숨을 넣을 틈 하나 없는

마른 입술의 그녀

"아기는 못 줘요, 제가 키워요"

이국의 문장
땔감처럼 삭아드는 밤
다시, 4월을 예약한다

인제 기린을 지나
다섯 개의 터널

어제 박힌 금속 위로
부어오르는 잇몸

바다 위의 집
경계에 섰다

그 사이 어딘가

내가 건너온 강은
메콩
당신이 건너온 강은 국경

더는 물러설 수 없다는 당신과
제자리를 지켜야 한다는 나의 눈물이
충돌하는 경계

교도소 영화를 보다가
수의의 재질은 싸구려 폴리에스터
비자의 효력은 9개월
해고 통지서는 번역되지 않는다
그들에게 하얀 셔츠를
단정한 데님을 줄 수 있을까
국경 없는 옷은 존재할까
수의와 단추는 억지로 채워진 채
국가가 봉합한 드레스 코드로 남는다

세계는 노동을 이동시키지만

인간을 이동시키지 않는다

관계를 자르고
잘린 끝에 메스를 대면
피는 국적을 따라 각각의 모양으로 번지는데
그 자리에서 핀 꽃은
당신일까
당신의 강과 나의 메콩
그 사이의 거리를 생각한다

붉은 뺨만으로도 충분히 걸음을 재촉하던 우리

나는 이쪽 끝에서 불행하고 당신은 저쪽 끝에서 절망이
라도
그것은 지구의 곡률 때문
법의 곡률 때문이라고
그러면 자본의 곡률은 어디서 오는 것일까

뭐 그래도 괜찮지 않은가

그늘의 서사

미술치료 시간
물빛 위로 반사된 노란 햇빛을 그린다
빛의 중심에 있는 아버지
움켜쥔 기운이 이마 위에서 풀린다
녹슨 힘줄 사이로 보이는 그물이 걸린 창고
먼지, 먼지,

누운 아버지를 두고
어머니는 지붕의 기울기를 계산한다
각도를 바꾸면
비를 피할 수도 있다고 생각한다

어머니는 오늘도 배를 끌고 나갔을까
강 한가운데 밭에서는 토마토가 자란다
나와 동생이
아버지의 등을 밀며 만든 밭

나는 매일 그늘을 걷는다
아버지가 그물을 걷던 것처럼

그늘을 말리고
내 안에 남은 물기를 덜어낸다
하늘의 너비를 잰다
이곳에
내 하늘을 만들 것이다

잊을 만하면 아침이 오고
사람들은 정해진 속도로
어디론가 흘러간다

나는
낯선 곳에서
낯설지 않은 척
살아갈 예정이다

미술치료가 끝났다
집으로 돌아간다

흰 꽃잎 우수수 날리겠다

소송을 끝내고 돌아오는 길

하, 젊은 게 어떻게 백로처럼 살겠노

그녀의 등을 쓸어주며 시고모가 했던 말

제 인생에 무지개는 없어요. 통째로 뽑혀 돌아가야 한데도 제 잘못인걸요

양육권을 다투는 소송에서 유효한 쟁점은 허물의 기록
하롱강가에서 그물을 고르던 남자가 오늘의 유책

시고모가 다시 그녀의 등을 쓸어내렸다

하, 젊은 게 어떻게 백로처럼 살겠노

엄마가 보기 싫다며 카랑카랑 울어대던 아이
목련나무 뒤에서 손을 흔든다

- 잠깐만요, 잠깐만

그녀가 까만 비닐봉지를 풀어 손때 묻은 털장갑을 꺼냈다

- 우리 K, 추우면 손부터 얼어요

다시 봄이 오면 저 작은 손끝에서 흰 꽃잎 우수수 날리
겠다

숟가락

비닐은 해마다 깔리고
나는 해마다 갱신된다
숟가락은 녹슬지 않지만
손은 닳아간다

햇빛과 비는 계산하지 않는다
넘어진 몸만 계산한다

비닐 아래 숨이 막혀도
밥을 포기할 사유는 되지 않는다

숟가락은 쉰다

나는 쉼표가 없다
비닐이 찢어지면 갈아 끼우고
내 체류도 갈아 끼운다

하루를 먹어야
내일이 있다

그게 조건이다

묵호항

문을 밀자

어둠 저편 바득바득 밀려오는 두께

죽기를 각오하고 건너온 바다
밤새 오징어 떼 쫓았을 그가
묵호항 골목 끝 방을 내주었다

창틀엔 바람이 눌어붙고
젖은 장갑이 말라가고 있었다

모노륨 장판 쓱, 쓱 문지르며
깨진 물잔 위 양파를 올린다

세상에 버릴 것은 하나도 없으니까

눈부실 것 하나 없는 항구에 와서
살아생전 하얗게 뿌리를 내린다

눈발이 내린다
묵호항의 새벽이다

풍경

뱅갈고무가 자라는 카페였어 야자수 화분이 있고 제라
늄이 피고 있었지
당신은 검은 셔츠가 더욱 어두워서

그곳에서 당신은
고향을 잃어버린 마티스처럼 울고 있었지
지도 바깥의 시간에서

괜찮아요
괜찮아요

입술로만 말하는
비자의 유효기간처럼

나에게도 괜찮다고 말해줘요

괜찮아요
괜찮아요
아직 괜찮아요

절단선
— 일을 잃은 손의 불안

손끝이 멈춘다
파도도 숨을 죽인다
기계는 여전히 돌아가는데
내 이름이 지워진 메시지가 뜬다

새벽 조업을 알리던
싸늘한 종소리
칼날보다 얇은 공기가
손가락 사이를 지난다

어디까지가 내 몸이었을까
손목 아래, 벗겨진 굳은살
공친 하루를 안다

2부

너의 오른쪽

레몬그라스가 자라는 성산

스카이라인처럼 고속도로가 공중에 떠 있는 성산
건널목을 지난다

오래전, 한 사람의 초대를 받고 가던 길
은수와 꽃을 사고 읍내에서 택시를 탔다
흰 백합과 엔젤을 들고 서 있던 은수
그 흰 블라우스 위로
노란 꽃가루가 우수수 흩날렸다

서른이 넘어 아이가 초등학교에 다닐 무렵
은수가 전해주던 그분의 부음
건너편 산에 눈이 쌓이던 겨울
나는 알 수 없는 이유로
장례식에 가지 못했다
은수는 조의금을 들고
이 도로를 지났을까
어째서 나는 함께하지 못했을까

K의 집 마당, 귀퉁이에 바랭이풀이 돋아 있다

이게 뭐예요?
베트남에서 자라는 레몬그라스예요.
우리 집 마당에서 엄마가 키우던 채소예요.

K가 줄기를 잘라 건네며 말한다

비벼 보세요.
레몬그라스예요.
어머니는 요리마다 이걸 넣었어요.

잎을 찢어 손바닥에 비비자
민트 향이 스민다

우리도 요리마다 파를 넣는다

레몬그라스가 자라는 성산을 지난다

아비투스적 곤란

곤란해.

문장의 가벼움은
공기처럼 흩날리면서도
법전 같은 낭독의 무게를 지닌다

누가 곤란한가

너도 아니고 나도 아닌
그러나 결국 너이면서 나인 우리는
곤란의 화살을 맞는다

세상 전체가 곤란한 듯 말하는 사람들
세상을 배경으로 무사함을 지켜내는 족속
그들의 변명은 뻔뻔했으나
늘 유효했고
빠르게 처리되었다

우리는 그것들을

친절하게 아비투스*라 불러준다

주어 없는 그의 곤란을 받아 적는다
나 또한 주어를 지운 채
공기 방울보다 한결 가볍게 답한다

— 곤란하군요.

* 아비투스Habitus : 프랑스 사회학자 피에르 부르디외Pierre Bourdieu가 사
용한 개념으로, 개인의 선택과 행동을 규정하는 무의식적 습관, 태도,
취향 등을 뜻한다. 특히 권력과 계급의 질서를 자연스럽게 재생산하는
사회적 성향을 지칭한다.

법원 가는 길

라디오를 듣다 귓가에 들러붙은 문장,
"틀린 선택은 없다, 틀린 사건도 없다,
그러니 사랑하라, 네가 혀끝으로 뜨겁게 하는 것을 하라."
차들은 길 위에서 멈춰버린 유령들
아스팔트는 숨 막히는 밀랍 덩어리
내 마음을 낡은 저울에 무게를 잰다
어젯밤 꿈은 미로의 파편,
낯선 현관 앞에서 비밀번호는 끊어진 줄,
계단은 끝없이 말려 올라가고,
얼굴들은 종이접기처럼 접혀 있다
꿈에서 튕겨 나온 나는 소파에 퍼졌고,
커튼 틈새로 쏟아지는 어둠은 바다처럼 끝없다
잠긴 공원, 시간은 자물쇠처럼 걸려 있고,
나는 그 너머로 다시 잠으로 침몰한다
그 문장은 반복되는 망령,
"틀린 선택은 없다."
숨 가쁘게 흘러온 시간의 실타래는,
애초부터 엉켜 있을 뿐
당신이 달려간 그 모든 순간,

숨 막히는 돌진
결핍이 만들어낸 거울 속의 자책
그리고 라디오는,
마치 바람 속에서 속삭이듯,
"틀린 선택은 없다.
그저 네 앞에 놓인 무게를 견뎌라."
쓴웃음을 지으며,
낯선 언어를 입에 올린다
"그래, 뭔가 해볼게."

밤 일기

골목에서 고향 친구를 만났다
친구는 오른손 검지가 없다
지난해 가구공장에서 검지를 잃었다

퇴근길에 아시안 마트에 들러 네팔 음식을 샀다
일인용 전기장판 위에서 '치앙'을 올려놓고 절을 한다
가구공장 한 씨는 한국은 부모님이 돌아가시면 음식을
차려놓고 정종을 올린다고 한다
나는 '치앙'을 올린다, 치앙은 아버지가 좋아하던 술이다

아버지
어머니를 살리기 위해
저는 이곳에 조금 더 있어야 해요
월급이 4개월째 밀리고 있다
무료 진료소를 찾는다

이곳에서 작년에 갑상선 암을 발견했다, 초기라고 했지
만 더 이상 급이 높은 병원을 찾지는 않는다
월급이 4개월째 밀리고 있다

회사는 부도를 맞을 거라는 소문이 돌고 어머니 병원비
도 부도를 맞을 것 같다
　어제 이 방에 살던 핀투가 잡혀갔다
　나 혼자 텅 빈 집에서 핀투의 짐을 정리한다

　어제는 깜깜한 밤, 폭설이 날리는 모습을 보고 잠들었
는데
　오늘은 눈 녹은 물이 반짝이는 아침 다시 출근한다

힘을 빼면 죽습니다

없는 사람들은
티가 나
어머니는 열 집의 세를 받으며
한숨처럼 말했지
쇠고리를 흔드는 지문들
드나들던 망루의 골목
우리가 견딘 계절들
지붕을 통과한 어둠이
그림자를 만들고
어깨를 비틀며 겨울을 통과하던
상처에 상처를 덧댄
진물이 마르지 않던 사람들
공기를 생각하면
그때 너의 어깨가 떠올라
무릎을 꽁꽁 접고 어깨를 말아 기어코,
방향을 잡고 일어서던 날개
바람을 거슬러
올라가던 너에게
힘을 빼라는

은밀한 농간
힘을 빼면
추락하는 건 당신
추락을 예방하기 위한
하나의 슬로건
― 힘을 빼면 죽습니다
당신이,
그렇습니다

벽 앞에서

우리는 종종, 말보다 더 정직한 게 못질이라며
쇠망치가 박아 넣는 것은 못이 아니라, 설명할 수 없는
감정이다
그 감정은 늘 손목에서 시작된다
나는 한때 벽을 증오했다
말이 없고, 꿈도 없고, 기대한 만큼 절대 돌아오지 않던
존재
그러나 어느 날, 그 벽이 내 말을 다 듣고 있었다는 걸
알게 되었다
아무 대꾸도 없이, 다만 내 흔적만 품은 채
밤의 카페 조명 아래, 고흐는 색으로 울었다
내가 고흐를 이해한다고 말하면 지나친 자만일까?
하지만 우리는 모두, 다른 언어로 같은 울음을 토해내
는 존재다
그는 붓을 들었고, 나는 못을 들었다
둘 다, 살아 있으려고
어떤 날은 생각한다
이해란 끝내 도달할 수 없는 해안선 같은 것이 아닐까
그럼에도 나는 매일 그곳을 향해 노를 젓는다

외치고, 때로는 침묵하며.

이소노미아isonomia, 이소노미아isonomia

이 얼마나 아름답고 쓸쓸한 단어인가

누구도 지지 않기를, 누구도 눌리지 않기를 바라는 말

그 말에 기대어 오늘도, 나는 다시 벽 앞에 선다

못을 들고, 나를 박는다

누군가 알아채길 바라며

사실 확인서

어디서부터
사실일까
사람들이 두려워하는 사실은
법정에 가서야
빛을 발한다
사실이 맞습니까?
누군가에겐 그것이 빛이 되고,
누군가에겐 끝없는 그림자
종이 한 장
날인 하나
구겨진 서류 봉투 안에서
진실은
증명되기를 기다린다
떳떳한 너의 하루조차
잔고를 증명해야 했다
인감이 찍힌 사실 확인서가
너의 정직함보다 더 큰 증거였다
서류를 떼러 가는 길
조용히 울었다

그건 비밀이 아니라
절차였다
가끔은
진실이 너무 연약해서
도장 하나 없이
입 밖에 낼 수 없었다
모니터 위
한글 자판 위에 떨어지는
사소한 용기
'예'에 체크하고,
파일을 첨부하고
확인을 누르는 데 걸리는
딱, 한 스푼
그 작은 결심이
한 사람의 오후를
기울게 한다

태양의 이름으로

올여름은 끓는 냄비처럼 집을 데웠다
A는 괜찮다고 말했다
더 뜨거운 나라에서 더 뜨거운 기억 속에서
견뎠다고
그러나 때때로
숨 끝까지 열이 스며
삶도 끓어 넘칠 것만 같았다
태양이라는 이름은
한 번도 그늘이 된 적이 없다
그 믿음 하나로
아이의 이마에
태양을 올려두었다

여름 끝물
빛이 닿지 않는 대파 밭의 하우스 안
태양은 여전히 뜨거운데 남편은 쓰러져 눈을 뜨지 않았다
다시 찾아간 그 집에서
A는 눈물을 말리며
햇빛처럼 작은 목소리로 말했다

우리 태양이 아버지… 꼭 일어나요

맹렬한 기다림은 흙 아래에서 더 깊이 뿌리 내린다고

다시 돌아오지 않으려 해도 결국 돌아오게 되는 곳
그 모든 길의 끝에 태양이 뜨고 있다고
오늘도 태양을 앞세웠다

그래서
아들의 이름을 태양이라 지었다

당신의 존엄과 우리들의 존엄 사이

비닐하우스에 불이 났다
오늘 들은 부고는
어제 당신이 남긴 문장을 깨운다
-사람은요,
어디에서 태어나느냐에 따라
살아지는 온도가 달라져요.
'엄마'라는 호칭도
먼 국경에 두고 온 그녀
월세 20만 원짜리
조립식 벽 위에는
고향에서 가져온
흰 법랑 냄비 하나
바람만 스쳐도
잘랑잘랑 울리던
아이들 사진이 걸린 자리

-돈을 열심히 벌어
모종 심을 수 있는 땅을 사서 농사짓는 것

그게 당신의 코리안 드림

그러나
우리는 이곳에서
다른 곳으로 옮기지 못해요
불법이래요
권리가 얇아요

차갑지 않아야 할 몸이
다시 얼어붙는다

나는 묻는다
당신의 존엄은 몇 도인가

묵호항에서

새벽 세 시
항구 비린내가 골목을 따라 퍼지고
등불 아래 고양이 한 마리가
물고기 머리를 핥는다

냄새는
살아 있다는 증거

손끝에 남은 어제의 이력이
소금기가 되어
지워지지 않는다

소금기를 씻어내려다 문득 멈춘다
나의 삶이
내 손바닥에 눌어붙어 있는 듯해서

파도보다 오래 남는 냄새

오늘보다

먼 내일까지 가는 냄새

그리고 여름

기억은 눌려 얇아지고
손목의 피는 비워지고

건너 숲, 풋밤이 떨어진다

돛을 세우던 날들
바람은 충분했고
감당하지 못한 건 무게였다

그날을 적었다가 지웠다
마루 끝, 큰 새 한 마리
여름을 통째로 들어 올려
다른 세상으로 건너가던 장면

말보다 먼저 남은 건
깃의 미세한 떨림과
문장 밖으로 흔들리던 그림자

나는 이제

겹겹의 말을 벌려
숨을 들이고
떨어짐을 놓아주며
돛을 접는다

너의 이름은 쓰지 않는다
얇은 빛이 등줄기를 따라 흐르고
그 뒤로 고요가 길다

이력서
— 손이 쓴 이력, 몸의 기록

손톱 밑에 묻은 바다의 냄새를 털어낸다
사각의 종이 위에
내 손이 나를 대신해 적기 시작한다
출신 국가: 지워졌다
직종: 반복
경력: 물결처럼 이어지고 끊겼다
특기: 손끝의 기억
사진 대신
갈라진 손바닥을 찍어 붙인다
그게 가장 나를 닮았다,
끝에
서명 대신 손자국을 남긴다
파도 같은 곡선이 번져가며
한 줄의 말이 되어 눌러 쓴다

3부

경

경境 0
— 이름

묘목들이
꼬리표를 달고 기다린다

트럭을 몰고 온 사람들이
황토 사이를 휘젓는다

아, 이건 개복숭아군.
여름내 벌레 꼬이고
발효 말고는 쓸모가 없지.

사람들의 속삭임에
전체가 흔들린다

근본이
꼬리표가 되지 않기 위해
들어가지 못한
맨 마지막 잎을 숨긴다

검은 모자의 인부가

떨어진 잎을 감싸 건넨다

이놈은 영특해서
물꽂이가 잘돼요.

어떤 존재는
마지막까지도
쓸모가 있다

경境 1
— 비닐

비닐은 흙을 가리고
나는 비닐 아래 산다
날씨는 기록되지 않는다
손의 마모만 남는다
비닐은 일시적이다
나도 그렇다
비닐이 찢어지면 버린다
내 비자도 그렇다

경境 2
— 시선視線

커피를 내리는 손가락은
흙을 파던 손가락이다
컵의 하얀 벽에
국적이 비친다
손님들은 가격을 묻고
나는 체류를 생각한다
머무는 눈빛과
머무르지 못하는 얼굴이
계산대 앞에서 엇갈린다

경境 3
— 체류滯留

기한은 벽에 붙어 있고
시간은 지문에 찍힌다
잠은 숙소에 있고
귀향은 서류에 있다
일하는 동안만
존재가 허락된다
살 수 없는 곳에서
살아야 한다는 문장 안에
내 하루가 수감된다

경境 4
— 경계境界

문 하나가
허용과 추방을 나눈다
안은 노동이고
밖은 체류다
문턱에 발이 걸리면
사라진다
출입 기록에만
나의 지나감이 남는다

경境 5
— 손手

기계가 놓친 것을
내 손이 주워 담는다
안전은 개인 책임이고
다친 손가락도 개인 소유다
돈이 되는 상처만
증명된다
낫는 시간은
내 시간이 아니다

경境 6
— 숙소宿所

침대는 번호를 갖고
나는 없고
벽은 얇아서
숨도 들린다
쉬는 곳이 아니라
내일을 기다리는 곳
집은 없다
숙소만 있다
주소 없는 주소지
벽에다 편지를 붙여두면
시간이 먼저 도착한다
침대 위에서
국경을 다시 밟고
밤마다 출국 도장을 찍는다
나의 잠은
근로계약서에 없다

경境 7
── 번호番號

이름을 부르면
서류가 대신 대답한다
번호가 선두고
내가 뒤따른다
조용히 불러야 한다
들리지 않게
숫자가 변하면
내가 사라진다

우리는 서로의 이름을
모른 채 살 수 있고
오로지 숫자만이
복도 끝까지 도달한다
출근부, 사원증, 출입증, 체류 카드
정해진 칸 속에 존재가 채워질수록
얼굴에서 표정이 사라진다

경境 8
— 표정表情

말을 아끼는 게 아니라
말할 권리가 없다
웃음은 서비스고
분노는 위반이다
감정은 안 보일수록
안정적이다
표정도
기한이 있다

말이 막히는 자리에
침묵이 자란다
웃을 수도
화낼 수도 없을 때
표정은 장벽이 된다
그리고 언젠가
사람들은 장벽을
사람이라 부른다

경境 9
— 증언Testimony

말이 통하지 않는다는 이유로
먼저 잘린다
일을 위해 왔고
일만 했고
일이 전부인데
가족의 한끼를
빚으로 메우고
얻은 비자다
모국의 지붕은 샌다
내일의 출근도 샌다
출근하지 말라는 말만 남고
체류만 남아 있다

경境 10
— 소송訴訟

해고는
하루 만에 이루어지지만
반대편으로 되돌리는 시간은
몇 계절의 허기를 지나야 한다
서류 가장자리에
체류와 생존을 꿰매다 보면
나는 이미 또 다른 경계가 된다

4부

나의 서정

형의 무릎

그날, 나는 먼저 나가 있었다
형이 미끄러졌을 때
나는 이미 그 길 끝에 서 있었다
엄마는 말이 없었다
아버지는 더 말이 없었다
그래서 나는 자주
문 뒤에서 무릎을 접었다
형은 깁스를 한 채 출근했고
나는 병원에 가지 않았다
다치는 건, 늘 말이 없는 쪽이니까
자존심이 부러지는 소리를
한참 전에 들은 적이 있다
아버지가 외투를 꺼낼 때
엄마가 국을 엎지른 그날
나는 그날을
무릎 안에 접어 넣고
달리는 법을 배웠다
발을 들이기 전에 먼저 눈치를 봐야 하는 길
형보다 먼저 배운 건

넘어지지 않는 법이 아니라
넘어져도 말하지 않는 법이었다

꼬리잡기

아버지를 덮친 그때의 꼬리를
내가 밟았다
발목이 밀리는 순간이고
바닥까지 밀리는 순간이다

내내 눈 감고도 다니던 길이었는데
지난밤에 살짝 눈이 내렸다는 것을 잊었다

간과한다는 것이 이런 것인가
감춘 배후를 짐작조차 못 하는 것
미끄러진 자리는 얼마나 멀쩡했는지
뻔뻔할 정도였지

믿었던 동향인에게 뒤통수를 맞고 가족을 한데로 내몰
았던 아버지
모의는 언제나 선량해 보여서 좀체 배후를 짐작조차 못
하지

스륵

발목이 밀리는 순간
숨긴 모의에 몸이 당하는 순간

밀렸다는 부끄러움을 감추고자 당당히 깁스를 하고 출
근을 한 날

나쓰메 소세키를 위한 변주곡

점심을 먹고 좁은 블록담을 지났지
낡은 담장 아래
노란색 페인트처럼
산수유가 피고 있었지
당신이 말하던 나쓰메 소세키가 생각났어
아무것도 되고 싶지 않던
전쟁 시대 몰락한 귀족
건방진 녀석
햇빛이 방울져 내리는 오후
노랗게 튀겨진 칼치 맛이
다시금 올라오더군
(나는 고양이로소이다)
반짝이던 입맛 속으로
젊은 친구의 체크무늬 스커트 같은
축구공 하나가 골대를 비켜나
내 앞으로 오더군
친구는 커다랗게 하이킥을 날렸지
아, 나쓰메 소세키, 인생에 별게 없겠는가
언제든

골대를 비켜 날
우리들의 길에
하이킥을 날려야 할 무엇이 없겠는가

다만 두 달째 붉은 비가 내려

그날 강릉지원 잔디밭

철근공 십장 목숨, 붉게 흩어지던 날

'어이, 김 씨!'로 불렸던 노가다 십 년
잔뼈가 굵었다는 말, 슬프지 않았는데

만지다 보면 단단해지던 세월
부딪치며 이어주던 싱싱한 완력
반듯하게 끈을 묶어주면 마법처럼 생기던 철근과의 접점

뒤로 가는 게 아니라
한 계단씩 벽을 오르며 살아내는 중이라고
외치던 환호

고삐도 안장도 놓쳐버린 스물아홉 장 구속 청구서
닳고 닳아 완력조차 사라진 그물을 안고
강릉 지원 잔디밭, 붉은 비 흩어지던 그날

인도 케랄라 주에는
다만 두 달째 붉은 비가 내려

사람들 흰옷 붉게 물들이고 있었다는데

담금질

시뻘건 쇳덩어리를
물속에 넣었을 때
쨍하고 금이 간다면
못 쓰는 철이다

어제 네가 보낸 화살은
담금질이 덜 된 것일까
쨍쨍 소리를 내며 갈라졌다

담금질을 많이 할수록 쇠는 단단해진다

물웅덩이 사막도마뱀
물수제비
녹고 있는 눈

폴로라이드 카메라에 네 영상은 없다

푸른 새벽마다
냉랭한 습기를 데우던 온기

뜨겁고 차가운 너를 닮은 온기를 냉장고에 넣는다

냉장고 속의 온기는 발효하지 못한다

발효를 생략한 온기를
쓰레기통에 넣는다

찬란이 벽을 타고 오르는 아침

렉서스와 올리브나무

청국장집, 성수고등학교로 넘어가는 언덕의 마지막 집
삭아 내리는 기와에 푸른색 비닐을 덮은
그 집의 남자는 커다란 이젤 아래에서 독서를 하고 있
었다
　렉서스와 올리브나무
　(우리는 다 같은 나무 아래 사는 거야)

두 번째, 먹으러 가던 날
주인은 아는 척을 하며
〈렉서스와 올리브나무〉를 선물한다

손님이 없던 빈 시간,
주인은 청국장보다는 말을 하고 싶어 했다

올봄, 서울서 내려왔죠
운 좋으니 손님 같은 사람도 만나고
대학 생활까지 만 사십 년 서울살이를 하고 나니
입에서 신물이 납디다
선산 문제로 매부와 송사만 십사 년을 했지요

그것참, 사람이 할 노릇이 아닙디다
그저 밥은 먹지요
이거 해서 무슨 빌딩을 올리겠습니까?
말 통하는 손님 만나면 그게 낙이지요

그 집을 나온 하오,
식당 골목엔 열흘 전 중고차로 넘긴
액센트 5818이 말끔한 낯으로 서 있었다

아, 저게 이래 봬도
스무 해 산, 마누라보다 말을 더 잘 듣습니다
십오 년 지기 제 친구입지요

* 『렉서스와 올리브나무』(토머스 L. 프리드먼)에서 인용.

메멘토 모리

햇살이 흘러내리는 경마장에 갑니다
사진처럼 누워 있는 그녀를 만지고 돌아옵니다
강 위를 지나가는 노란 보트,
물그림자가 살구꽃처럼 번집니다
스물여섯,
생아편 같은 해를 견디던 그녀
살구꽃이 지고, 물결이 사라집니다
늦은 공부를 하며
닳은 운동화를 신고
일주일에 세 곳, 과외를 다니던 그녀가
비 오는 3층 옥상에서 떨어졌습니다
그녀가 잡았을 난간
천식을 참고 숨을 고르듯,
눈동자에 딸기잼 같은 눈물이 고이고,
손금은 리본처럼 희미해졌습니다
1971년 12월, 그녀가 수신된 이후
죽음은 오래전 발신된 편지처럼
오늘에 도착했습니다
경마장,

텅 빈 마구간
갈기를 다듬던 말들은 어디로 갔을까요
스물여섯, 빛나는 갈기를 남기고
그녀가 사라졌습니다
오늘 그녀를 만지고 왔습니다
메멘토 모리,
그녀의 죽음을 수신합니다

비 오는 육림고개

쓸모를 다한 요트처럼

거기 오늘 사막을 껴안은 채

미래를 사절하는 풍경

그때 우리 겨우 스물, 각도기처럼 뾰족한

손톱을 세워 벽을 긁던

유압프레스기로 눌러놓은 식물처럼 마른 소리를 내며
부서지던

아무리 돌을 던져도 멀리 가지 않던 겨우, 스물

육림극장에서 파리 텍사스를 보고 골목 끝 분식집에서
칼국수를 먹었나?

달아난 아내를 찾아 모래 먼지 사이를 헤매는 사내의

표정을 네게서 보았을까

땅끝까지 닿았다가 돌아오던 길

골목을 통과하던 비

아무리 기도해도 바꿀 수 없는 것들이 있지

저만큼 뛰어가서 다시 뒤를 돌아봐

거기 미래, 검붉은 꽃망울이

사양斜陽 또는 시간의 기억

안즉도 비가 오냐?
쉰의 어머니는 가는 비 내리는 마당을 바라보셨습니다
강아지풀이 촉촉이 젖고 있는 끝자락,
해당화 붉은 물감이 노을처럼 번집니다
첫아이를 낳던 해,
어머니는 산구완을 하러
우리 집에 오셨습니다
왜식풍의 긴 복도와
햇살이 잘 드는 거실을 가진
거두리의 집이었습니다
그날, 어머니는
거실 중문에 문창호지를 바르고 계셨습니다
종일토록 비가 내려
마당에는 연무가 자욱했고,
어머니는 하루 종일 사랑문을 여닫으셨습니다
안즉도 비가 오냐?
달착지근한
햇아이의 향기가 해당화 꽃잎처럼 떠돌던 오후,
어머니는 문창호지 틈새에

해당화 꽃잎을 끼워 넣으셨습니다

일흔의 어머니는
사양斜陽처럼 기울어가는 시간의 문살을
이미 알고 계신 듯했습니다

어둠이 깊어,
나의 스물아홉은 사라지고
어머니의 일흔은 부재합니다

덜커덩 바람 지나던 봄

흰 이마를 짚는다
당신의 이마는 세상에서 가장 하얗고 둥글어요
이마를 짚는 어머니의 손끝, 파랗다

집으로 모시라는 의사 처방에 강변 끝, 그 집으로 돌아
가던 봄

긴 와이퍼 들어
천천히 강가의 눈물 털어내던 그해

기적은 끝내 오지 않았다

상처

누군가 저 벽에
칠흑 같은 틈을 냈다
깊고 무거운
버리고 싶은 틈 하나
밖에서 들어와 박힌 그것이 아니다
내 안의 그리움이 돋아난 것이다

서른넷의 시간

서른넷의 시간은 발목이 얼어붙는 시간
봄이 오고 여름이 와도
얼어붙은 발목은 녹지 않는다
아무 데도 나가지 못하는 대신,
다자이 오사무의 『사양斜陽』을 읽고
국을 끓이고, 김치를 담그며 시간을 보낸다
늑골이 아픈 오후면
정종을 데워 홀로 마신다

1995년, 아버지가 돌아가셨고
첫아이를 유치원에 보내며
낮술을 배웠다
양은 주전자 속 정종을 데우고
수레바퀴 아래
쇄골처럼 패인 나의 시간

아버지는 떠났고
아이는 자라고,
나의 시간은

긴 산맥 속에 수장되어
가슴 안 빈방을 키운다

그리고
서른넷 훌쩍 지난 지금도
나는 여전히
수장된 산맥처럼 누워 있다

어둡고 어둡다

이월 초,
힘을 잃은 겨울 늦바람이
김시습의 어둠을 붙잡고 선다
서울에서 내려온 친구와
수요일의 오리집에 앉아
오리 한 마리를
국물 졸아들도록 삶는다
가시오가피 두 병을 나누며
묵은 이야기 한 모금씩 적시는데
친구의 이마에 주름이 맺히고
주름만큼 늘어난 세월이
뚝뚝, 이마에서 떨어진다
춘천우체국 뒤
어두운 골목 너머
한때 방황했던 기억의 소매 끝이
바람에 젖어 흔들린다
청춘의 한 자락을 끌어올리듯
어둠이 내 발목을 잡는다
졸아드는 오리 국물

휘발하는 영혼
어둡고 어둡다
김시습의 어록 하나처럼

미친놈

　성단 입단식을 끝내고 회식, 2차로 이어진 술잔 속, 달고 청량한 맥주가 입가에 스며든다. 몇 년 만에 대리기사님까지 부르고, 순한 미소를 지닌 대리기사가 왔다. 벤츠 대리하고 왔는데, 벤츠 사모님이 과속방지턱 넘다가 허리를 삐끗했다고 보험 처리해달라며 뗑깡을 부린다고 했다. 속상함이 묻어난 말투에 내가 말했다. 그 미친놈 전화 오면 스팸 처리하세요, 병원비는 못 물어주니까 민사 소송 하라 하시고. 그는 머리를 45도로 돌려 거울 속 내 눈을 마주 보며 웃었다. 미친놈이네요. 사모님이 욕해주시니 속이 다 시원해요. 고맙습니다. 술기운은 처음 만난 사람에게도 위로와 용기를 준다. 우리 한 번 더 해주죠, 미친놈

헤세처럼 쓰는 일

단지
사랑하려 했을 뿐인데
대부분의 일은 과했다
관계가 무너질 때
나는 잠시 멈췄고
곧 익숙해졌다
전화는 항상 부재중이었다
연결은 늦게 오거나
필요 없을 때 도착했다
버티는 동안
망가지지 않은 나무 하나가
아직 남아 있었다
그 사실이 애매하게 위로가 되었다
당신 머리에 붙은 먼지를
떼어낸 것뿐인데
그게 한 사람을 이해한 일처럼 여겨졌다
나는 계속 쓰고 있다
이 모든 것이
커다란 오해가 아닐 수도 있다는 기대로

엔딩을 위한 시간

영화 캐리비안의 해적을 보고 나오니
새벽 한 시

열일곱 살 녀석이 바다의 검은 깃발을 들어 올렸다
오효, 오효—
사형대에 오르는 어린 해적
"죽어도 좋다, 우리는 언제나 해적이다."
(우리는 언제나 살아 있다)
오효, 오효—
화면 속 목이 날아간다
엔딩, 차갑다

칠레산 포도를 씻고
버드와이저 한 병을 식탁에 올린다
창문 틈새, 지난 계절의 메타세쿼이아 잎 하나
물기 어린 손톱처럼 끼어 있다
렌즈에 노출된 먼 어둠
엽맥은 지문처럼 섬세하다
샤시와 샤시 사이,

물이끼처럼 달라붙은 시간
살갗처럼 투명한 기억의 지문
엔딩,
엔딩,
메타세쿼이아의 지난 잎에도
휴식은 필요하다

아직 극장의 매운 공기 속을 떠도는
어린 해적들
그들의 바다를 위해
나의 뼈를, 나의 영혼을 내어준다
엔딩

고호孤呼

출근길, 부고가 떴다
한 남자가 죽었다
그 남자의 부고를 알리는 알코올 병동 408호
창턱에는 한여름 맨드라미가 지고 있었다
마흔여섯
그가 견딘 것은 푸르게 출렁이던 소주가 아니라
하나 남은 막둥이의 등뼈였겠다
속도를 다투듯 전화벨이 울릴 때마다
휴대폰 숫자를 눌러 병원비를 이체하던 막둥이
통장 잔고가 줄어드는 것은
막둥이의 세상이 줄어드는 일
플라스틱 수저 한 짝이 뒹구는
독실 408호
밥이었거나
공기였거나
길이었을
그 남자의 동생, 막둥이가
낙서 노트와 솔기 터진 셔츠
구멍 난 양말을 거둔다

상세불명의 기운이
압화처럼 스며 있는
독실 408호

여름 낚시터

그가 떠난다는 날 아침,
폭우 속에 여름이 지난 낚시터를 찾았다
밀려온 들풀이 가만가만 모래를 세며
물길을 세워 강으로 간다
벗지 못한 샌들 사이로
강물이 다가와 숨을 쉰다
포개진 파꽃 같은 칠순의 노모
중절모를 접어 쓴 마흔의 아들
낚싯대를 드리우고 강가에 앉아 있다
삐끗대는 뜰채에 붕어가 반짝인다
어제는 팔뚝만 한 잉어를 놓쳤지유.
그게 말이쥬
잉어를 잡자마자 뜰채에 대가리를 박아야 하는데
우리 노인네가 뭔 힘이 있어야쥬.
라면 가닥을 헹구던 노모의 표정이
민들레꽃처럼 피어난다
노인은 강물에 대고 그물주머니를 흔든다
아, 뭘유.
이런 시간도 없다문

무슨 수로 한세상 버틴대유.

물결이 바람에 쏠려

그물을 짠다

강 한가운데로 눈부시게 물고기가 솟구친다

앗따, 저것은 내 것이 아니지유.

낚싯대 댔다고 다 내껀가유?

내가 던진 떡밥을 문 놈만 내 것이 되쥬.

불현듯,

남자의 말보다 더 푸르게 탈색하는

질경이처럼 단단하던 그리움 강가에 머무는 시간

열망

못질을 할 때마다
손목의 힘을 토해내던 벽에 대해
그러나
그 모든 것에 대해

열 개를 알고 있는 당신과
하나의 세계가 열 개를 능가하던
불안과 긴장에 대해

헤어져 돌아오는 길
반짝이는 전구가 한없는 강가에서
밤의 카페를 그린
빈센트 반 고흐가 생각난 것도
무리는 아니지

이소노미아를 외치는 나와 반 고흐는
이해받고 싶은 사람들의 공통분모

그를 이해하지 못하는 런던의 카페와

얄팍한 감수성과
달아났던 아를과
아를에서 만난 여자를 오해하는 고갱에 대해
고흐도 말하고 싶었을까 오늘의 나처럼

이해와 오해의 먼 길에 대해

이름값

올봄에는 라일락을 심기로 하고 강 건너
나무 시장을 찾았지

나무들은
그저 마른 가지를 삐죽삐죽 올린 채
봄날 털 빠진 강아지마냥
시장에 나와 있어

이름표가 없었다면
기어코 너의 손을 잡지 않았을걸

너는 그저 땅 아래
뿌리를 숨긴 채
고향 잃은 표정으로 골목에 서 있었지

그래서 어머니는
이름값이 중요하다고 했나봐

나는

오늘
이름표를 매단 너를 데리고
시장 골목을 빠져나왔어

열심히 바람을 일으키고
날개를 모으고
함께 꽃피울 그날을 위해

입동

수요일 저녁,
에코백을 어깨에 메고 성당을 간다
늦은 시간, 불 꺼진 돌계단을 오른다
가을 국화가 피어 있는 길을 따라
성당 문을 연다
신부님 강론,
- 십자가를 치워 달라 기도하지 말고,
그 무거운 십자가를 끝까지 짊어질 힘을 달라 기도하라
미사가 끝나고
누군가 떠나는 환송식에 참여했다
칠전동에서 김치국숫집까지 이어지는 모임 속
오래된 한 사람이 말했다
- 그때 거기,
내가 젊어서 양계장을 하던 곳이 교도소 임시 공동묘지
였더라고
형량을 채우지 못한 미결수들이
임시로 묻혔다고
담벼락 안에서 형량을 채워야
가족에게 인도된다고 했다

죽어서도
교도소 담벼락 안이라니
어떤 죽음 앞에서는
신에게 대항하고 싶은 마음이 들기도 했다며
오래된 그가 말했다
― 신이 만들고,
신이 버린 사람들이야

이슬처럼 채워지는 술잔,
사람들에게 채워지고 젖어드는 그것들을 바라보던 새벽
시간은 처음부터 둥둥 떠다니는 것만 같다
창문 밖으로 눈이 내렸다
― 입동이다
신이 창조한 세상에 눈이 내린다
오늘 밤
어느 미결수의 무덤에도
눈이 내린다

폴라넥 니트와 오프숄더 니트처럼

명동 아일에서 돌아오는 길,
안개가 길을 삼켜버렸다
승진을 앞둔
나보다 큰 평형에 당첨된 친구
인간의 질투심은 유리알 같다
투과되고, 투사된다
시가지 난간마다 안개가 피어올라
도시는 사람들이 떠나간 유휴지 같다
언젠가, 집으로 돌아가던
이 길에 서서
잠깐 내 집 창문을 가늠해본 적이 있다
다행히 내 집은 천변 끝에 놓였고
주방 창으로 노란빛이 흘러나오고 있었다
그날 나는
일찍 죽은 남자친구의 조문을 마치고 귀향했다
검은색 폴라넥 니트를 입고
나중에 보니, 그것은
어깨가 드러나는 오프숄더 니트였다
그러고 보면, 인생이란

원하는 것과 원치 않는 것 사이에도
눈꼽만큼의 유사성이 있다
폴라넥 니트와 오프숄더 니트처럼
그럼 내가 원하는 것은 무엇일까
안개를 거스르며 돌아오던
12월의 끝 밤
내가 '너'라 불려도 좋을 관계들과
그 사이에 놓인
치명적인 오류와 상처,
덫
그것이 내게 놓일
너의 상처일까
덫일까
오프숄더 니트처럼

하관下官

당신을 끓여내던 햇빛은 이제
가로등 불빛에 섞여 타버렸어
이홉들이 진로소주에 얼굴을 비출 때
당신은 액자 속 원형 기호로 남았네
입구가 막힌 얼굴 봉인된 입술 하나로 이 세상을 끝냈지
12월의 햇빛쯤은
그냥 창문 먼지로 지나갔을 거야
가장의 체면,
가계의 삐걱임
다 그럴듯한 변명이지
토끼 같은 새끼들이라던 우리는
당신 희생의
다른 이름이었어
염색한 머리칼 사이로 삐져나온 흰 실 몇 가닥
그게 당신의 잔소리보다 더 솔직했어
분홍 양산?
그건 햇빛보다 체면을 가리려던 우산이었지
딸기잼보다 짧은 당신의 유효기간 5년

끝내, 당신을 12월의 햇빛과 함께 하관했지

조문

여름비,
배롱나무를 흔들고 지나간 날
세상의 모든 국화를 쓸어 담은 듯
웃고 있는 당신
생생한 거부와
생생한 파괴로
분화구처럼 구부러지고 갈라지던 주름
찡그린 표정 하나 없이
사막을 이해한 물처럼
웃고 있네

꽃잎은 흩날리고 시간은 날아가고*

보고 싶소 보고 싶소
봄바람에 실려 온 당신의 음성

꽃잎은 흩날리고
시간은 날아가고

세상은 온통 우리들의 것

당신의 이마는 세상에서 가장 하얗고 둥글어요
이마를 짚는 그대의 손끝 새파랗게 빛나네

달빛 쓸쓸히 기울던 그 밤
골목을 뛰어가던 당신의 발자국

보고 싶소 보고 싶소
잊혀지지 않던 당신의 음성
멀리 부서져 날아가고 없네

* '춘천, 문학을 노래하다'에 전경숙 작곡가 합창곡 가사로 선정.

당신의 아픔은 나의 아픔이다

이영춘

시인

누군가 저 벽에
칠흑 같은 틈을 냈다
깊고 무거운
버리고 싶은 틈 하나
밖에서 들어와 박힌 그것이 아니다
내 안의 그리움이 돋아난 것이다
— 탁운우, 「상처」

1. 탁운우 시의 특수성

여기 특별한 시인과 시집이 있다. 바로 탁운우 시인이다. 그리고 그가 낳아 지은 시의 집이 이번 시집이다. 환경은 시인을 만든다는 말이 있다. 그는 특별한 장소에서 일한다. 바로 '강원이주여성상담소'다. 이곳에서 소장으로 일하며 이주 여성들의 인권 보호와 일상적 애환을 함께 호흡하고 공유한다.

현대 사회에서 가장 중요한 의제 중 하나는 인권이며, 국경을 넘어온 이주 여성들은 취업·결혼·난민·유학 등 다양한 사유로 한국에 오지만 그 과정에서 구조적 차별과 인권 침해를 겪는 경우가 적지 않다. 탁운우 시인은 이들을 위해 밤낮으로 뛰는 숨은 여성 인권운동가라 불러도 지나치지 않다.

그의 이번 시집『당신의 왼쪽은 나의 오른쪽』은 이주 여성들의 삶의 애환을 시로 승화한 결과물이다. 제목만으로도 시적인 암시가 스며 있다. 그는 '시인의 말'에서 다음과 같이 적었다.

"지난 한 해, 나는 글을 쓰고 문장을 고르고, 사유를 점검하는 시간을 보냈습니다. 그러나 그 사유는 온전히 나의 것이 아닙니다. 그것은 함께 걸어온 여러 K와 H, 그리고 수많은 M들의 사유이기도 합니다. 그들의 하루가 헛되지 않기를, 그들의 상처가 단지 상처로만 남지 않기를, 그 고통이 다시 누군가의 빛으로 이어지기를 바라며 이 시집을 바칩니다."

'시인의 말'에서 확인할 수 있듯 이번 시집의 제재와 주제는 이주 여성들의 애환과 고통이다. 그들의 상처는 '왼쪽'의 자리지만, 때로는 시인의 '오른쪽'이 되며 고통을 함께 나누는 존재가 된다. 이 시집은 상처에서 태어난 사유의 꽃이며, 그 아픔의 보고寶庫이다.

또한 탁운우 시의 특징은 스쳐가는 것, 사라지는 것, 현실에서 부딪히는 모든 사물과 사건을 인간적 아픔과 연민의 감각으로 보편적 가치로 형상화하는 점이다. 그의 시에는 따뜻한 인간애가 흐른다.

2. 당신의 왼쪽에 대한 연민

남편과 함께했던 시간이 모두 나쁘지는 않아요,

옥수수를 키우고 감자를 키우고
아이를 안고 배추밭을 서성이던 시간
메콩강 하류보다 더 그리운 시간이 될 거예요

그녀의 입을 통해 무수한 내일이 한꺼번에 튀겨져
공중을 오른다

(…중략…)

　가사조사관을 만나기 전, 그녀와 나는 이 길고 긴 양육 계획서 공
란을 다 채워야 한다
　　ー「메콩강 하류보다 더 그리운 시간」 부분

어느 해 3월
스물의 끝
갯배를 타고 건넜던 바람
아버지를 닮은 골목
말려가는 생선과 기울기 심한 집들

방 안을 가로지르는 기저귀가 있는 방
난로 곁에서 굳어가는 흔적들
국적 없이 말라가는 수증기
습기 오른 벽
천장과 바닥 사이
숨을 넣을 틈 하나 없는

마른 입술의 그녀
"아기는 못 줘요, 제가 키워요"

이국의 문장
땔감처럼 삭아드는 밤
다시, 4월을 예약한다
　　ー「바다 위의 집」 부분

소송을 끝내고 돌아오는 길

하, 젊은 게 어떻게 백로처럼 살겠노

그녀의 등을 쓸어주며 시고모가 했던 말

제 인생에 무지개는 없어요. 통째로 뽑혀 돌아가야 한데도 제 잘
못인걸요

양육권을 다투는 소송에서 유효한 쟁점은 허물의 기록
하롱강가에서 그물을 고르던 남자가 오늘의 유책

시고모가 다시 그녀의 등을 쓸어내렸다

하, 젊은 게 어떻게 백로처럼 살겠노

엄마가 보기 싫다며 카랑카랑 울어대던 아이
목련나무 뒤에서 손을 흔든다

- 잠깐만요, 잠깐만

그녀가 까만 비닐봉지를 풀어 손때 묻은 털장갑을 꺼냈다

- 우리 K, 추우면 손부터 얼어요

다시 봄이 오면 저 작은 손끝에서 흰 꽃잎 우수수 날리겠다
　―「흰 꽃잎 우수수 날리겠다」 전문

　세 작품 모두 이주 여성·난민·타지에서의 결혼과 양육을 둘러싼 삶의 흔적을 다루며, 가족·법적 제도·국적의 경계 속에서 갈라지고 이어지는 감정의 층위를 섬세하게 보여준다. 시적 화자는 개인의 경험을 말하는 듯하지만, 그 말투와 장면들은 현대 가족 구조, 경제적 이주, 양육권 문제 등 사회적 현실을 예민하게 호출한다.

　「메콩강 하류보다 더 그리운 시간」은 이주 여성의 과거-농경적·가족적 일상-가 '그리운 시간'으로 재구성되며, 양육 계획서 작성과 조사관 면담 같은 현실적 압박과 강하게 대비된다. '옥수수·감자·배추밭' 같은 이미지는 단순한 과거가 아니라 '스스로의 원형적 시간'이다. "무수한 내일이 한꺼번에 튀겨져/ 공중을 오른다"는 표현은 '언어적 폭력, 제도의 폭력, 경제적 불안정'이 응축된 뛰어난 은유다. '튀겨지는 내일들'은 통제할 수 없는 미래의 공포를 드러낸다. 양육 계획서의 공란을 채우는 행위는 '삶을 기록하는 일'이 아니라 '제도에 맞추기 위한 증명서'를 작성하는 일이다. 여기서 화자는 정체성의 소거, 강요된 서류화의 폭력성을 비판적으로 드러낸다.

「**바다 위의 집**」의 경우, 이 작품은 이주 과정에서 마주한 가난과 비좁은 공간, 젖은 벽, 숨조차 제대로 넣기 어려운 삶의 조건을 보여준다. "아기는 못 줘요, 제가 키워요"는 이 모든 현실을 견디게 하는 절박하고도 단호한 선언이며, 시의 정점이다. 방·벽·습기·난로·수증기 등 이미지의 밀도는 높고, 삶의 체취가 촉각적으로 느껴진다.

「**흰 꽃잎 우수수 날리겠다**」에서는 소송·양육권 분쟁·계절의 순환 속에서 이주 여성인 어머니와 아이 사이의 균열이 세밀하게 그려진다. 시고모의 말 "하, 젊은 게 어떻게 백로처럼 살겠노"는 위로처럼 들리나 사실은 구조적 체념을 강요하는 말이다. 아이 K가 "엄마가 보기 싫다며 카랑카랑 울어대"는 장면은 양육권 분쟁이 남기는 비극적 흔적을 보여준다. 그러나 "우리 K, 추우면 손부터 얼어요" "저 작은 손끝에서 흰 꽃잎 우수수"라는 장면은 균열 속에서도 다시 피어나는 희망과 미래를 암시한다.

세 작품 모두 서사적 시와 사회 서정의 균형을 이루며, 시적 화자가 특정 인물의 고통을 관찰하면서도 도덕적 거리두기와 정서적 연대를 모두 확보한다. 또한 이 세 편의 중심에는 혼인 파탄으로 인한 '아이들'의 양육 문제가 놓여 있다. 이는 어느 나라, 어느 사회에서든 가족 해체의 가장 큰 난제이기도 하다. 특히 이주 여성의 사례에서는 국적, 경제적 취약성, 사회적 고립이 복합적으로 작용해 고통이 더 깊어질 수밖에 없다.

비닐은 해마다 깔리고
나는 해마다 갱신된다
숟가락은 녹슬지 않지만
손은 닳아간다

햇빛과 비는 계산하지 않는다
넘어진 몸만 계산한다

비닐 아래 숨이 막혀도
밥을 포기할 사유는 되지 않는다
　　　　　　—「숟가락」 부분

손끝이 멈춘다
파도도 숨을 죽인다
기계는 여전히 돌아가는데
내 이름이 지워진 메시지가 뜬다

새벽 조업을 알리던
싸늘한 종소리
칼날보다 얇은 공기가
손가락 사이를 지난다

어디까지가 내 몸이었을까
손목 아래, 벗겨진 굳은살
공친 하루를 안다
―「절단선 – 일을 잃은 손의 불안」전문

네팔에서 온 Q를 잘랐으니
이득은 사장에게만 남을 텐데

바닥에 흘린 미량의 슬픔을
얼른 걷어 주머니에 숨긴다

새로 들어온 도시락 재료가 P 앞으로 도착하고
신의 품새처럼 재료 길이를 맞춰
K에게 건넨다

벽 틈으로 바람이 든다
대충 조립한 컨테이너에 습기가 흐른다

사장은 오늘 Q를 해고하며 말했다

다시는 얼씬도 하지 마.

(…중략…)

여기서는

사라진 사람이 잘한 판을

"나가리판"이라 부른다
　　— 「나가리판」 부분

　위의 세 편은 이주 여성 노동자들이 노동 현장에서 겪
는 아픔을 정면으로 다루고 있다. '노동은 신성하다'는 말
은 이들의 현실 앞에서 무력하다. 노동은 성스러움이 아
니라 생계와 생존을 담보로 한 거래이며, 때로는 착취의
구조 속에 놓인다.

　「숟가락」의 "넘어진 몸만 계산한다" "숟가락은 쉰다"와
같은 표현은 노동이 인간을 보호하는 체계가 아닌, 인간의
소멸을 계산하는 체계로 변한 현실을 예리하게 보여준다.

- ● 비닐 아래에서 숨 막히는 몸
- ● 이름이 지워진 메시지
- ● 공친 하루를 "안아버리는" 굳은살
- ● "나가리판"이라는 냉혹한 언어
- ● "얼씬도 하지 마."라는 해고 통보의 단문

　손(노동의 기관)을 중심으로 한 이미지 구조, 비가시화
의 언어(지워짐, 삭제됨, 가려짐), 그리고 '계속 일해야 한

다는 강제성'이라는 철학적·사회적 압력을 공유한다. 노동은 성장의 과정이 아니라 '소멸의 관리'로 묘사된다. 인간이 기계보다 먼저 닳아 없어지는 과정이 차갑고 선명하게 포착된다.

「절단선」의 손가락 절단, 「나가리판」의 즉각적 해고, '공친 하루'로 지워지는 임금의 하루. 이 모든 과정은 우리가 모르거나 외면해온 이주 여성 노동의 현실을 보여준다. 탁운우의 시를 통해 독자는 이들의 삶을 다시 돌아보고, 인권과 노동권의 문제를 더 깊이 성찰하게 된다. 이번 시집이 이러한 인식의 확산에 기여하길 바란다.

3. 당신의 왼쪽, 그 삶의 편린들

골목에서 고향 친구를 만났다
친구는 오른손 검지가 없다
지난해 가구공장에서 검지를 잃었다

퇴근길에 아시안 마트에 들러 네팔 음식을 샀다
일인용 전기장판 위에서 '치앙'을 올려놓고 절을 한다
가구공장 한 씨는 한국은 부모님이 돌아가시면 음식을 차려놓고
정종을 올린다고 한다
나는 '치앙'을 올린다, 치앙은 아버지가 좋아하던 술이다

아버지
어머니를 살리기 위해
저는 이곳에 조금 더 있어야 해요
월급이 4개월째 밀리고 있다
무료 진료소를 찾는다

이곳에서 작년에 갑상선 암을 발견했다, 초기라고 했지만 더 이상
급이 높은 병원을 찾지는 않는다
월급이 4개월째 밀리고 있다
— 「밤 일기」 부분

이 시의 화자는 '네팔'에서 온 노동자다. 먼 이국땅에
와서 같은 처지의 "가구공장에서 검지를 잃"은 친구를 만
났다는 진술에서 어려운 삶이 암시된다. 그리고 화자는
아버지를 위해 "일인용 전기장판 위에서 '치앙'을 올려놓
고 절을 한다". 외국인들이 가장 힘들어하는 것이 '언어장
벽과 문화적 차이'라고 하지만 부모님을 섬기는 마음은
그 문화적 차이를 극복한다.

그러나 화자의 사정은 만만치 않다. "아버지/ 어머니를
살리기 위해/ 저는 이곳에 조금 더 있어야" 하는데 "월급
이 4개월째 밀리고 있다" 게다가 "작년에 갑상선 암을 발
견했다"고 화자는 말한다. 이주 여성들의 노동 현장에서
의 생활상을 구체적 표현으로 진술한 시다. 마치 르포형

식을 빌려서 쓴 그 이면에는 이주 여성들의 이런 삶과 상황을 알리려는 의도가 작용했을 것이다.

이런 현상들은 탁운우 시인의 시와 사유와 생활 전반을 지배하고 있다. 이주 여성들을 통한 탁운우의 사유는 「태양의 이름으로」, 「그늘의 서사」 같은 작품에 여실히 드러난다.

"여름 끝물/ 빛이 닿지 않는 대파 밭의 하우스 안/ 태양은 여전히 뜨거운데 남편은 쓰러져 눈을 뜨지 않았다/ 다시 찾아간 그 집에서/ A는 눈물을 말리며/ 햇빛처럼 작은 목소리로 말했다// "우리 태양이 아버지… 꼭 일어나요"(「태양의 이름으로」)와 같이 화자를 통한 결연한 의지가 삶의 방향을 제시한다. 「그늘의 서사」에서도 어려운 삶을 극복하고자 하는 삶의 의지가 강하게 어필된다.

나는 매일 그늘을 걷는다
아버지가 그물을 걷던 것처럼
그늘을 말리고
내 안에 남은 물기를 덜어낸다
하늘의 너비를 잰다
이곳에
내 하늘을 만들 것이다

잊을 만하면 아침이 오고

사람들은 정해진 속도로
어디론가 흘러간다

나는
낯선 곳에서
낯설지 않은 척
살아갈 예정이다
— 「그늘의 서사」 부분

　이 시에서 '그늘'은 소외, 외로움, 슬픔 등 어려운 환경을 은유한 상징이다. 탁운우 시인의 뛰어난 발상의 이미지다. 아버지가 그 넓은 바다에서 "그물을 걷던 것처럼" 화자는 어둔 "그늘을 말리고/ 내 안에 남은 물기를 털어낸다"는 강렬한 삶의 의지를 표명한다. 그리고 "이곳에/ 내 하늘을 만들 것이다"라고 이상적인 포부를 말한다. 작자를 통한 화자의 결연한 의지가 새로운 삶을 가능케 한다. 이런 희망이 있을 때 인생은 존재가치가 성립될 수 있다. 그 존재가치의 의미는 다시 구체적 진술로 표출된다. "나는/ 낯선 곳에서/ 낯설지 않은 척/ 살아갈 예정이다"라고 이렇게 그늘을 지우며 살아갈 의지를 강화한다.

4. 당신의 존엄과 우리들의 존엄 사이

칼 융은 "존재란 단순한 자아ego가 아닌 전체적 자기self를 향해 나아가는 과정"이라고 했다. 이 과정에는 '존엄성'이 존재해야 한다. 그 존엄성이 곧 인간이 인간으로서 존재하는 이유이다. "존재란 무엇인가? 인간은 왜 이렇게 쉽게 외면당하는가? 우리는 누구의 기준으로 인간답다고 여겨지는가?" 카프카는 이 모든 질문을 단 하나의 '벌레'로 응축했다고 한다.

그의 말을 다시 유추해본다. 벌레, 벌레, 우리 모두는 밥을 먹는 벌레가 아닌가? 탁운우 시인은 이주 여성들과 함께 생의 고락을 공유하면서 인간과 인간의 존엄에 대하여 많이 생각했던 것 같다. 그 사유의 산물로「당신의 존엄과 우리들의 존엄 사이」가 창작되었을 것이다.

비닐하우스에 불이 났다
오늘 들은 부고는
어제 당신이 남긴 문장을 깨운다
-사람은요,
어디에서 태어나느냐에 따라
살아지는 온도가 달라져요.
'엄마'라는 호칭도
먼 국경에 두고 온 그녀

월세 20만 원짜리
조립식 벽 위에는
고향에서 가져온
흰 법랑 냄비 하나
바람만 스쳐도
잘랑잘랑 울리던
아이들 사진이 걸린 자리

-돈을 열심히 벌어
모종 심을 수 있는 땅을 사서 농사짓는 것

그게 당신의 코리안 드림

그러나
우리는 이곳에서
다른 곳으로 옮기지 못해요
불법이래요
권리가 얇아요

차갑지 않아야 할 몸이
다시 얼어붙는다

나는 묻는다
당신의 존엄은 몇 도인가
―「당신의 존엄과 우리들의 존엄 사이」 전문

이 시는 "비닐하우스에 불이 났다/ 오늘 들은 부고는"에서 암시되는바, 누군가가 생명을 잃은 것으로부터 시작된다. 생명은 존재이다. 존재를 잃음으로 그 '존엄'은 사라졌다. 그러므로 「당신의 존엄과 우리들의 존엄 사이」는 이 세상에서 사라진 자, 죽은 자에 대한 애도의 사유다. '존엄!' 보이지 않는 관념어를 동원하여 존재에 대하여 혹은 죽음에 대하여 고도한 상상력으로 창출해낸 이 작품은 철학이 담긴 수작秀作이다. 그리고 다시 살아 있는 자를 중심 화자로 하여 담담한 듯 현실적 상황의 서사로 독자의 시선을 끌어모은다. 시상 전개의 진폭 속에 이주 여성들의 인생 이야기, 곧 우리들의 인생 이야기가 담담하게 공감대를 형성한다. 그리고 그 끝에서 질문을 던진다. 나의 존재는 몇 도인가. 아니 "당신의 존엄은 몇 도인가".

탁운우 시인의 시는 이렇게 시를 통하여 삶의 의미, 존재의 존엄성을 추구하는 사유가 돋보인다. 그것은 곧 삶에 대한 혹은 인간에 대한 애정이다. 이런 애정으로 인간을 돌보고 그들의 이웃이 되었고 또 되려고 노력한다.

'인간은 어떤 존재인가?'라는 질문에 대해 탁운우 시인은 「벽 앞에서」란 시를 통해 "우리는 모두, 다른 언어로 같은 울음을 토해내는 존재"라고 명명한다. 철학적인 진리다. 이러한 사유의 깊이가 탁운우의 시다.

우리는 종종, 말보다 더 정직한 게 못질이라며
쇠망치가 박아 넣는 것은 못이 아니라, 설명할 수 없는 감정이다
그 감정은 늘 손목에서 시작된다
나는 한때 벽을 증오했다
말이 없고, 꿈도 없고, 기대한 만큼 절대 돌아오지 않던 존재
그러나 어느 날, 그 벽이 내 말을 다 듣고 있었다는 걸 알게 되었다
아무 대꾸도 없이, 다만 내 흔적만 품은 채
밤의 카페 조명 아래, 고흐는 색으로 울었다
내가 고흐를 이해한다고 말하면 지나친 자만일까?
하지만 우리는 모두, 다른 언어로 같은 울음을 토해내는 존재다
그는 붓을 들었고, 나는 못을 들었다
둘 다, 살아 있으려고
어떤 날은 생각한다
이해란 끝내 도달할 수 없는 해안선 같은 것이 아닐까
그럼에도 나는 매일 그곳을 향해 노를 젓는다
외치고, 때로는 침묵하며.
이소노미아isonomia, 이소노미아isonomia
이 얼마나 아름답고 쓸쓸한 단어인가
누구도 지지 않기를, 누구도 눌리지 않기를 바라는 말
그 말에 기대어 오늘도, 나는 다시 벽 앞에 선다
못을 들고, 나를 박는다
누군가 알아채길 바라며
— 「벽 앞에서」 전문

"벽 앞에서"라는 제목이 암시하는 대로 '벽'은 세상과의 단절, 혹은 소통과의 장애를 상징한다. 무엇이 시인을 이렇게 '벽 앞에서'의 단절을 만들었을까?

이소노미아isonomia, 이소노미아isonomia, 법 앞에서의 평등, 균등의 권리가 보장되지 않았다는 역설적인 표현이다. 그렇다면 이 시는 화자가 평등한, 균등한 권리를 보장받지 못한 억울함을 호소한 시로 인식된다. 여기서 못질은 단순한 노동행위가 아니다. 내면의 어떤 감정을 세상을 향해 박는 행위로 비유된다. "늘 감정은 손목에서 시작된다"는 표현은 말이란 때로 왜곡되지만 손으로 하는 행위, 즉 못질은 감정을 직접적으로 드러낸다는 의미의 창출이다. 그러므로 이 시는 소통의 본질을 탐구하는 작품이다. 상대에게 가 닿지 않는 말을 '못질'이라는 행위로 표현하고 벽이라는 침묵의 존재와의 관계를 통해 이해와 공감, 평등에 대한 사유로 확장시킨다. 그러므로 이 시의 상상력과 복잡한 의미구조는 시의 정신적 가치를 한층 상승시킨다.

더는 물러설 수 없다는 당신과
제자리를 지켜야 한다는 나의 눈물이
충돌하는 경계

(…중략…)

관계를 자르고
잘린 끝에 메스를 대면
피는 국적을 따라 각각의 모양으로 번지는데
그 자리에서 핀 꽃은
당신일까
당신의 강과 나의 메콩
그 사이의 거리를 생각한다

(…중략…)

나는 이쪽 끝에서 불행하고 당신은 저쪽 끝에서 절망이라도
그것은 지구의 곡률 때문
법의 곡률 때문이라고
그러면 자본의 곡률은 어디서 오는 것일까
　　　―「그 사이 어딘가」 부분

우리 인간은 모두 '관계' 속에서 생을 이어간다. 사회적
관계, 법률적 관계, 인간적 관계 등이 그것이다. 이 시 역
시 이주 여성의 인간 관계망을 제시한 시다. "더는 물러설
수 없다는 당신과／ 제자리를 지켜야 한다는 나의 눈물이／
충돌하는 경계" 그런 관계망을 암시하고 상징한다. 이런

충돌의 이유는 무엇일까? "나는 이쪽 끝에서 불행하고 당신은 저쪽 끝에서 절망이라도/ 그것은 지구의 곡률 때문/ 법의 곡률 때문이라고" 역설하고 자문한다. 그러므로 「그 사이 어딘가」는 그 '사이'를 메울 수 있는 이상적인 관계망을 염원하는 사유의 시다.

"관계를 자르고/ 잘린 끝에 메스를 대면/ 피는 국적을 따라 각각의 모양으로 번"진다는 표현은 이별이나 갈등이 단순히 둘의 문제를 넘어 국적, 출신, 사회 구조의 차이에 의해 각기 다른 양상으로 번진다는 폭로적 문장이다. 즉, 피라는 생물학적 공통성마저도 국적이라는 사회적 경계 앞에서 다르게 해석되고, 다르게 오염되는 것이다. 그리고 이 문장 하나가 시 전체의 주제를 결정하고 있다. "그 자리에서 핀 꽃은/ 당신일까/ 당신의 강과 나의 메콩/ 그 사이의 거리를 생각한다" 메스를 댄 자리에서 "꽃"이 핀다는 역설적 이미지다.

절단이 낳은 비극의 자리에서조차 미약한 아름다움이 발생할 수 있다는 사실. 하지만 그 꽃의 주체가 "당신인지"조차 알 수 없다는 불확실성은 관계의 주체성이 흐려진 상황을 말한다. "당신의 강과 나의 메콩"은 서로 다른 기원 서로 다른 기억 서로 다른 국가와 문화의 흐름을 상징한다.

5. 경境, 그 경계에서

  탁운우 시인은 많은 의미를 함의한 「경境」이라는 연작
시를 3부에 편성하고 있다. '경境'은 곧 안과 밖, 현실과
이상, 삶과 죽음, 혹은 너와 나 사이의 '경계'를 함의한 추
상명사다. 또한 '경'은 경계, 한계, 사이, 등의 복합적 의미
를 함의하고 있다. 탁운우 시인은 현실과 이상 사이에서
일어나는 일을 모티브로 하여 '경'이란 관념어를 독창적
인 시로 형상화한 것인데, 그리하여 이 한 글자 '경'을 통
해 독자들에게 묻는 것이다. '어디까지가 나이고 어디로
부터가 타인인가?' 다음 두 편의 작품을 통해 그 '경계'를
감상해보자.

  커피를 내리는 손가락은
  흙을 파던 손가락이다
  컵의 하얀 벽에
  국적이 비친다
  손님들은 가격을 묻고
  나는 체류를 생각한다
  머무는 눈빛과
  머무르지 못하는 얼굴이
  계산대 앞에서 엇갈린다
  ─「경境 2-시선視線」 전문

기한은 벽에 붙어 있고
시간은 지문에 찍힌다
잠은 숙소에 있고
귀향은 서류에 있다
일하는 동안만
존재가 허락된다
살 수 없는 곳에서
살아야 한다는 문장 안에
내 하루가 수감된다
　　　　— 「경境 3 -체류滯留」 전문

　이 두 작품 역시 이주 여성들의 '삶의 경계'가 잘 묘사되어 있다. "커피를 내리는 손가락은/ 흙을 파던 손가락이다"(「경境 2-시선視線」)라고 표현한 것과 같이 시행마다 상반되는 두 개의 현상과 형상을 대비하여 묘사하고 있다. 독특한 독창적인 발상이다.
　오늘도 "일하는 동안만/ 존재가 허락되는"(「경境 3-체류滯留」) 이주 여성들은 상반되는 경계 선상에서 어떻게든 살아나려고 몸부림친다.
　탁운우 시인의 '경境'이란 연작시는 특이한 발상과 사유로 시의 내용과 형식을 저울 같은 등가물等價物로 승화시켜낸 작품들이라고 할 수 있다. 이주 여성들이 이런 경계와 통제 속에서 살아나는 방법은 '침묵'이다.

「경境 8-표정表情」에서 탁운우 시인은 이렇게 시적 승화를 이뤄낸다. "말을 아끼는 게 아니라/ 말할 권리가 없다/ 웃음은 서비스고/ 분노는 위반이다/ 감정은 안 보일수록/ 안정적이다/ 표정도/ 기한이 있다// 말이 막히는 자리에/ 침묵이 자란다/ 웃을 수도/ 화낼 수도 없을 때/ 표정은 장벽이 된다/ 그리고 언젠가/ 사람들은 장벽을/ 사람이라 부른다"고. 이렇게 그 경계와 지경地境, 사이의 간극을 대비시켜 숨 막히는 공간, 공간을 시로 승화시킨다.

「경境 9-증언Testimony」에서는 더욱 구체적인 '경'이 나타난다. "말이 통하지 않는다는 이유로/ 먼저 잘린다/ 일을 위해 왔고/ 일만 했고/ 일이 전부인데/ 가족의 한끼를/ 빚으로 메우고/ 얻은 비자다/ 모국의 지붕은 샌다/ 내일의 출근도 샌다/ 출근하지 말라는 말만 남고/ 체류만 남는다"고 고백하듯 진술한다. "당신들의 왼쪽" 그들의 그늘진 삶이 얼마나 쓰리고 아픈지를 이 세상에 알리고 있다. 우리들의 왼쪽에는 이런 삶도 있다는 것을. 그러므로 그 아픈 삶을 함께 공유하고 함께 아파할 때 이 세상은 한층 더 밝아지지 않을까?

6. 나의 오른쪽에 대한 서사

서른넷의 시간은 발목이 얼어붙는 시간
봄이 오고 여름이 와도
얼어붙은 발목은 녹지 않는다
아무 데도 나가지 못하는 대신,
다자이 오사무의 『사양斜陽』을 읽고
국을 끓이고, 김치를 담그며 시간을 보낸다
늑골이 아픈 오후면
정종을 데워 홀로 마신다

1995년, 아버지가 돌아가셨고
첫아이를 유치원에 보내며
낮술을 배웠다
양은 주전자 속 정종을 데우고
수레바퀴 아래
쇄골처럼 패인 나의 시간

아버지는 떠났고
아이는 자라고,
나의 시간은
긴 산맥 속에 수장되어
가슴 안 빈방을 키운다

그리고

서른넷 훌쩍 지난 지금도
나는 여전히
수장된 산맥처럼 누워 있다
　　―「서른넷의 시간」 전문

　탁운우 시인의 일생의 사유를 보는 것 같아 전문을 다 공유했다. "서른넷의 시간은 발목이 얼어붙는 시간/ 봄이 오고 여름이 와도/ 얼어붙은 발목은 녹지 않는" 시간이었다. 인생의 고뇌, 인간의 원초적인 고뇌가 공존하는 시의 발상이다. 현실적으로 "아버지가 돌아가셨고/ 첫 아이를 유치원에 보내며/ 낮술을 배웠다"에서 암시되듯 생활에 얽매어 허덕일 때면 흔히 우리 여성들은 잃어버린 '자아'를 생각한다. 도대체 나는 누구인가? 나의 정체성은 무엇인가? 자문하고 자문하면서 회의에 빠질 때가 많다. 이러한 허무 속에서 '낮술을 배우고' "정종을 데워 홀로 마"시기도 한다. 공허함이 온통 행간을 출렁인다. 문득 백석이 「나와 나타샤와 흰 당나귀」에서 "나는 혼자 쓸쓸히 앉아 소주를 마신다"와 같은 심상image이다. 인생이란 것이 영원한 숙제이듯 화자는 "서른넷 훌쩍 지난 지금도/ 나는 여전히/ 수장된 산맥처럼 누워 있다"고 회의懷疑한다. 공허한 인생의 산맥, 그것이 인생이다.
　탁운우 시인은 이렇게 삶이란 테마, 인생이라는 테마를

작품마다 제시한다. 「사양斜陽, 또는 시간의 기억」에서는 '어머니'를 제재로 하여 인생의 덧없음과 세월의 아쉬움을 형상화한다.

그날, 어머니는
거실 중문에 문창호지를 바르고 계셨습니다
종일토록 비가 내려
마당에는 연무가 자욱했고,
어머니는 하루 종일 사랑문을 여닫으셨습니다
안즉도 비가 오냐?
달착지근한
햇아이의 향기가 해당화 꽃잎처럼 떠돌던 오후,
어머니는 문창호지 틈새에
해당화 꽃잎을 끼워 넣으셨습니다

일흔의 어머니는
사양斜陽처럼 기울어가는 시간의 문살을
이미 알고 계신 듯했습니다

어둠이 깊어,
나의 스물아홉은 사라지고
어머니의 일흔은 부재합니다
　　― 「사양斜陽, 또는 시간의 기억」 부분

탁운우 시인은 어머니의 늙어감을 보면서 "사양斜陽"을 환유한다. 시간은 매일 '저물어 가는 해'다. 인간은 매일 매일 이 '사양의 길'에서 살지만 어머니의 사양 길은 더욱 빠르게 느껴진다. "어둠이 깊어,/ 나의 스물아홉은 사라지고/ 어머니의 일흔은 부재합니다"에서 암시되듯 어머니의 일흔은 그 시간, 그곳에 머물지 않는다. 그래서 탁운우의 시는 아프기도 하고 쓸쓸하기도 하여 인생의 무상함을 일깨운다. 이 무상함에 대한 정답은 없다. 사르트르 말을 빌린다면 "실존은 본질에 앞선다"의 명제 하에 "인생Dasein은 본질Sein에 앞선다"는 실존적 과정일 뿐이다.

탁운우 시인의 시는 이렇게 심오한 경지를 사유케 한다. 인생 문제(존재적 문제)를 사유하고 있기 때문이다. 그러므로 인권운동가 오드리 로드가 말한 대로 탁운우의 시는 "사치가 아니다." "시는 이름 없는 것들에게 이름을 부여함으로써 우리가 그것을 사유할 수 있도록 하는 사유思惟 재산이다."라고 오드리 로드는 시의 정신적 가치를 부여한다.

7. 헤세처럼 쓰는 일

전화는 항상 부재중이었다
연결은 늦게 오거나
필요 없을 때 도착했다
버티는 동안
망가지지 않은 나무 하나가
아직 남아 있었다
그 사실이 애매하게 위로가 되었다
당신 머리에 붙은 먼지를
떼어낸 것뿐인데
그게 한 사람을 이해한 일처럼 여겨졌다
나는 계속 쓰고 있다
이 모든 것이
커다란 오해가 아닐 수도 있다는 기대로
— 「헤세처럼 쓰는 일」 부분

　　헤르만 헤세는 1946년 노벨상을 수상한 작가로서 그
문학적 업적과 작품 세계와 사상 체계가 너무나 방대하여
한마디로 언급할 수는 없다. 그런데 탁운우 시인이 "헤세
처럼 쓰는 일"이라고 제목을 붙인 것을 보면 단연코 헤세
의 문학 세계와 그의 사상과 정신을 본받고 싶다는 뜻으
로 생각된다.

그런 의미에서 탁운우 시인의 이번 시집『당신의 왼쪽은 나의 오른쪽』에서는 헤르만 헤세가 추구하는 작품 세계의 핵심적 테마와 상통하는 일면을 발견할 수 있다. 헤르만 헤세의 작품 세계에서 '나는 누구인가?'라는 질문이 모든 작품의 중심에 있듯이, 탁운우 시인은 이주 여성 노동자들의 삶을 통해서 '존재함'과 '존재가치'에 대하여 많은 질문을 던지고 있다. 이 모든 질문은 곧 우리 모두의 질문일 수 있다. 두 번째는 헤르만 헤세의 작품, 특히 소설(『수레바퀴 아래서』,『데미안』등) 속 주인공들의 사회규범에 맞서 생존권의 길을 찾으려는 노력은 마치 탁운우의 이번 시집의 시적 대상이 된 '이주 여성들'의 생존경쟁의 투쟁과 일맥상통한다.

탁운우의「헤세처럼 쓰는 일」이란 작품은 표면상 단조로운 듯한 서사이다. 그러나 보이지 않는 관계와 관계망 속에서 '나는 누구인가'의 존재 의미를 추구하려는 의도와 연관 지을 수 있다. 또한 삶의 자국인 상처와 상처를 내면적 반성과 성찰로 치유하려는 시도가 엿보이기도 한다.

그러므로 다양한 다원성 사상과 이성理性적 정신적 작품 세계를 구축한 '헤세처럼 쓰는 일'을 추구하겠다는 일념이라고 인식된다.

동양적인 사상과 정서의 시인, 자연 친화적인 시인인 헤르만 헤세처럼 탁운우 시인도 인생을 탐구하고 인간을 탐

구하면서 '헤세처럼 쓰는 일'로 좋은 작품을 계속 탄생시키기를 기대하고 기원하며 이 글을 맺는다. 끝

달아실시선 107

당신의 왼쪽은 나의 오른쪽

1판 1쇄 발행   2025년 12월 31일

지은이   탁운우
발행인   윤미소
발행처   (주)달아실출판사

책임편집   박제영
디자인   전부다
법률자문   김용진, 이종진
기획위원   박정대, 이홍섭, 전윤호
편집위원   김선순, 이나래

주소   강원도 춘천시 춘천로 257, 2층
전화   033-241-7661
팩스   033-241-7662
이메일   dalasilmoongo@naver.com
출판등록   2016년 12월 30일 제494호

ⓒ 탁운우, 2025
ISBN 979-11-7207-086-1 03810

* 잘못된 책은 구입한 곳에서 바꿔드립니다.
* 책값은 뒤표지에 표시되어 있습니다.
* 이 책은 **강원특별자치도**, 강원문화재단으로부터 제작비 일부를 지원받았습니다.